AF452843

Y²
7519

LÉO LARGUIER

LA POUPÉE

DESSINS DE CHAS LABORDE

COLLECTION
"LA ROSE ET LE LAURIER"
G. BRIFFAUT, Éditeur
4, RUE DE FURSTENBERG, PARIS

LA POUPÉE

N° 292713

IL A ÉTÉ TIRÉ DE CE VOLUME :

10 exemplaires sur japon impérial contenant un dessin original de l'artiste et une suite en noir, numérotés de 1 à 10.

10 exemplaires sur japon impérial contenant un dessin original de l'artiste, numérotés de 11 à 20.

750 exemplaires sur vélin, numérotés de 21 à 770.

EXEMPLAIRE Nᵒ

LÉO LARGUIER

LA POUPÉE

DESSINS DE

CHAS LABORDE

COLLECTION DE
"LA ROSE ET LE LAURIER"
G. BRIFFAUT, Éditeur
4, RUE DE FURSTENBERG, PARIS (VIe)

M CM XXV

« ...Tu n'as jamais été dans tes jours les plus rares
Qu'un instrument banal sous mon archet vainqueur,
Et comme un air qui sonne au bois creux des guitares,
J'ai fait chanter mon rêve au vide de ton cœur... »

Louis BOUILHET
(A une Femme.)

PUISQUE vous aimez les antiquaires, me dit mon ami Ange Laurentier, chez qui je passais cette semaine d'extrême automne, allez donc jusqu'à la Tremblée ; on m'a affirmé que le fou qui habitait, ou plus exactement, qui se cachait dans ce pavillon délabré, était mort et qu'il laissait tout son bien à un valet de chambre.

Je crois que cet héritier doit vouloir vendre ce bric-à-brac ; et vous y ferez peut-être des découvertes intéressantes.

On aperçoit de la route la maison et les grands arbres qui l'abritent. Vous ne

pouvez pas vous tromper. Vous sonnerez
à une petite porte peinte en vert.

La Tremblée, où vivait, si l'on peut
dire, M. Olivier Camors, est à trois kilomètres d'ici, et ce sera l'occasion d'une
promenade charmante...

Je partis, lorsque nous eûmes déjeuné,
persuadé que ce vieux serviteur ne me lais-
serait point pénétrer dans le domaine aban-
donné, et je ne me hâtais pas, goûtant
l'après-midi d'automne comme une immense symphonie en or majeur.

De la route que je suivais, bordée de
peupliers sensibles, presque dépouillés, aux
coteaux qui fermaient l'horizon, je pouvais
admirer les jaunes légers, les ocres, les
rouges sanguins, les fauves dorures et les
pourpres, toutes les nuances et toutes les
teintes de la saison.

Mon ami n'avait pu me donner aucun

renseignement précis touchant cet Olivier Camors qui, après une vie passablement remplie, était venu s'enterrer à la Tremblée. Il ne savait que ce qui circulait dans le pays : de vagues racontars, inexacts sans doute, puisque nul n'avait franchi les murs de cette propriété ruinée et que le valet de chambre, aussi mystérieux que son maître, ne parlait à personne et ne sortait guère que pour faire quelques provisions au chef-lieu.

On savait à peu près son âge. Il avait été capitaine et blessé, en 1915, aux attaques de Champagne.

Ange Laurentier, qui l'avait entrevu à la gare, avait gardé le souvenir d'un homme svelte et d'une beauté remarquable, mais très fatigué. Le pavillon était inhabité depuis des années lorsqu'il était arrivé, et il avait fallu que son domestique escaladât le mur pour arracher les ronces et la vigne vierge qui, ayant poussé derrière la porte, l'empêchaient de s'ouvrir.

Un ouvrier, qu'on avait appelé pour réparer les gouttières et poser des tuiles au toit, n'avait vu que le vieux serviteur et il n'était pas entré dans la maison. C'est tout ce que j'avais pu apprendre, et personne ne savait autre chose. Il n'y avait aucune sonnette à la petite porte verte que cachaient presque jusqu'à la serrure des retombées

de glycines et les branches qui couronnaient le mur.

On eût pu croire qu'une dame en crinoline venait de la refermer derrière elle.

Je frappai fortement du bout de mon bâton...

Contre toute attente, une clé grinça presque immédiatement dans le pêne, et un vieil homme au visage glabre et fripé, en tricot de laine, avec une calotte étoffée de Scapin, apparut dans l'entre-bâillement.

Je n'avais préparé aucune phrase astucieuse et je fus obligé de dire franchement que je savais que la maison contenait de vieux meubles et des toiles anciennes et que rien au monde ne m'intéressait plus que cela.

Le valet de chambre me regarda de son œil froid, tout embrumé et couleur d'étain.

— Antiquaire, dit-il, ou artiste ?

Je sentais que, selon ma réponse, la porte verte allait se refermer pour toujours.

— Artiste, répondis-je assez décontenancé.

Il souleva son bonnet et s'effaça pour me laisser entrer.

— Veuillez me suivre, fit-il, je n'ai pas l'intention d'habiter plus longtemps cette maison et je ne suis pas fâché de la montrer à un connaisseur, avant mon départ.

Il referma soigneusement la porte derrière lui.

Le parc sauvage où je pénétrai était retourné à la nature, et, à travers ce prodigieux fouillis végétal, le vieillard se dirigea vers des herbes foulées, indiquant sans doute le chemin qui devait conduire à la maison. Elle apparut à un tournant comme enchâssée dans les arbres gaufrés d'or par l'automne.

Les marches du perron étaient disjointes et l'herbe poussait drue dans leurs fentes.

Tous les volets étaient clos.

On songeait à ces vieilles demeures où moururent d'une maladie de langueur, parce que leur fiancé avait été tué dans un duel, de touchantes et poétiques jeunes filles appelées Adélazie ou Aloïda, qui portaient des mitaines et des repentirs, et qui lisaient au crépuscule un livre de M. de Lamennais, s'interrompant pour faire le signe de la croix, quand l'angélus venant d'une lointaine chapelle passait, ainsi qu'un ange, sur les murailles couvertes de lierre et de pariétaires.

Le vieux serviteur qui me précédait poussa un battant du portail massif et me fit entrer dans le corridor obscur qui avait une odeur de cave, de fruits, de murs humides et d'ombre.

Je pénétrai derrière lui dans la bibliothèque.

Une branche qui avait brisé les vitres
empêchait la fenêtre de se fermer complè-

tement, et j'aperçus dans
le jardin dévasté un arbuste
coiffé d'un chapeau de jardinier, au cœur d'une mi-
nuscule corbeille.

— Cette pièce a beau-
coup souffert, me dit mon
guide. Elle était depuis longtemps dans cet état quand
nous sommes arrivés à la
Tremblée. Voyez, il n'y a plus rien, l'humidité et les bêtes ont tout mangé.

Il atteignit un livre sur un rayon.

Le cuir glacé d'or éteint semblait à peu
près intact, mais quand je l'eus ouvert, je
m'aperçus qu'il était creux comme ces fruits

dont les insectes ont rongé la pulpe sous la peau desséchée.

Il n'y avait plus, contre le dos de la reliure, qu'une poignée de bourre blanchâtre, pareille à du coton taché de rouille.

C'était une très belle édition des œuvres de Léonard et je découvris un bout de feuillet sur lequel je pus encore lire ces vers qui devaient faire partie de quelque *Temple de Gnide :*

« ... Des remparts de Corinthe il vint trente beautés
Dont les cheveux croulaient en boucles ondoyantes ;
Dix autres qui n'avaient que des grâces naissantes,
Venaient de Salamine et comptaient treize étés... »

J'en examinai quelques autres.

Tous paraissaient souffrir des plus affligeantes maladies de peau.

Voltaire avait un eczéma, Diderot des moisissures bleuâtres, J.-J. Rousseau des dartres farineuses.

Les livres aux couvertures claires étaient
vert-de-grisés comme des cuivres, les vélins
ivoirins et roides étaient cariés comme des
dents, les petits poètes du XVIIIe siècle
avaient des reliures éraflées et griffées ainsi
que des souliers légers égratignés par les
ronces.

Je remis moi-même le livre creux à sa
place, sur la planchette vermoulue, et je
feuilletai un album plein de pensées, de
mauvais vers et de fleurs sèches qui avait dû

appartenir à quelque ancienne jeune fille.

— On a tout laissé périr, monsieur, reprit mon guide. Je dois vous dire cependant que ce n'est pas mon maître qui est responsable; il a trouvé presque toute la maison dans cet état. Il y en avait sans doute pour beaucoup d'argent. Je lui ai entendu conter qu'un de ses parents, M. d'Herbaupair, avait eu la manie des collections, mais vous allez voir ce que sont devenus ces trésors.

Les tableaux étaient dans un cabinet où il a plu pendant trente ans, et ils sont pareils aux livres... Si vous désirez les voir ?...

Je le suivis dans une autre salle.

Il ouvrit les volets avec quelque difficulté.

Des cadres, dont la dorure était devenue noire, ne montraient que des peintures effacées.

Les vagues choses qui restaient encore

étaient bien faites pour donner des regrets éternels à un homme épris de tableaux anciens.

Ce pan de ciel bleu-vert, au coin d'une baguette, ne pouvait avoir été peint que par Guardi, au-dessus des vieux palais qu'il aimait et que doublait l'eau d'un canal italien. Je vis le pied d'un verre dont le cristal n'avait pu être poli que par Chardin ; et il y avait eu là des toiles inconnues de Watteau, de Fragonard, de Largillière, de Boilly, de David, des pastels de La Tour, des sanguines et des dessins de Claude Lorrain et de Poussin.

— A combien, monsieur, estimez-vous ce que contenaient ces cadres inutiles ? me demanda le serviteur.

Effaré, je haussai les épaules.

— Je ne sais pas exactement, balbutiai-je, à plus d'un million, certainement.

Du bout de ses doigts maigres, il se gratta
la tête sous le bonnet de Scapin, et ses lèvres
sèches esquissèrent une grimace.

— Vous savez sans doute, reprit-il, que
M. Olivier Camors m'a donné tout ce qu'il
possédait. L'argent ?... mon Dieu, il n'était
plus très riche... peut-être trois mille francs
de rente, ce qui, par les temps que nous
traversons... mais il y a une seule pièce in-
tacte dans cette maison qui tombe en ruine,
et je veux avoir votre avis, parce que je crois
que ce qu'elle renferme vaut plus que tout
le reste. Voulez-vous m'accompagner ?...

Je n'avais jamais vu de plus beaux meu-
bles du xviiie siècle que ceux qui ornaient
la chambre où il me fit entrer.

Des tapisseries, dont les rouges étaient
devenus groseilleclair, s'encadraient dans
des panneaux de bois liserés de vert tendre,
et sur la cheminée de marbre, une pendule

d'écaille et deux flambeaux d'argent se reflétaient dans l'eau morte d'une glace, dont le trumeau était assurément de Boucher.

Le lit, les fauteuils et les chaises à médaillons, les pâtes tendres qu'on avait peut-être fabriquées pour la reine, les soies et les étoffes merveilleuses, tout formait un ensemble sans une seule tache, d'une harmonie et d'une pureté uniques.

— Vous êtes riche avec ceci, dis-je au vieillard qui me regardait avec inquiétude.

— Oui, c'est ce que j'ai entendu dire par mon maître, mais je ne savais pas très bien... Pourriez-vous m'aider, me donner l'adresse d'un antiquaire sérieux et me dire à peu près ce que vaut tout cela ?

Je fis de mon mieux et à ma connaissance, et je compris que je lui rendais service.

Il me désigna un fauteuil.

—Voulez-vous m'attendre un moment,

fit-il, je voudrais vous offrir un verre de vin. Je crois que vous n'en aurez jamais goûté de plus vieux.

Il revint au bout de quelques minutes, portant sur un plateau deux coupes de cristal épais et une bou- teille. La poussière et les toiles d'araignées ne cachaient pas complètement un 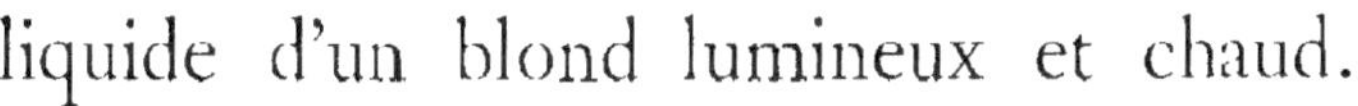 liquide d'un blond lumineux et chaud.

Il en émietta le cachet de cire, avec précaution.

— On n'est jamais sûr, murmura-t-il... j'espère que celui-ci sera bon malgré son âge, qui doit approcher du mien... Vous permettez, monsieur, que je me serve d'abord pour m'assurer ?...

Il se versa un doigt d'élixir doré et,

la tête renversée, il le huma longuement et
le porta à ses lèvres.

— Je pense qu'il ne vous déplaira pas,
dit-il en souriant, et il emplit ma coupe
jusqu'au bord.

Il fallait une grande complaisance pour
comprendre la saveur fanée de ce vin clair
et dépouillé, mais je crois que, de ma vie,
je n'avais bu pareille liqueur. J'en fis com-
pliment au vieillard.

— Mon maître, me répondit-il, n'en
buvait presque jamais. Le matin du jour où
il mourut, cependant, il me pria de lui
en apporter un flacon. Il était assis, là, où
vous êtes, et...

Il se tut pendant quelques secondes.

— Le drôle d'homme ! soupira-t-il.

Je sentis que je n'allais par tarder à rece-
voir ses confidences et à connaître un peu
le mystérieux défunt.

— Tenez, monsieur, reprit-il, je veux
vous montrer encore quelque chose. Ce ne
sont que des papiers, mais je suis sûr qu'ils
vous intéresseront. J'ai un petit ouvrage à
terminer et ces pages inachevées vous rensei-
gneront mieux que je ne le ferais moi-même.

Il tira un cahier d'une commode sûrement signée Riesener, et il le posa sur le
plateau d'une table qui n'était qu'un éblou-
issant semis de marqueterie. Il approcha ma
coupe et la bouteille pleine encore aux trois
quarts, et il m'offrit un cigare hollandais
qui se serait effrité si je l'avais serré entre
mes doigts, tant il était sec de vieillesse.

— Je vous laisse, me dit-il en refermant
la porte. Vous en avez pour un moment,
mais avec ce manuscrit, cette bouteille et
ce cigare, vous ne vous ennuierez peut-être
pas complètement.

Autrefois, de belles chambrières offraient

ici des boissons froides. Il y en avait une surtout...

Une petite flamme dansa, me sembla-t-il, dans son œil d'étain. Je me versai un

autre verre de vin, j'allumai le cigare et je me mis à dévorer les pages qu'on va lire. Je leur donne un titre qu'elles n'avaient pas dans le cahier, et je n'ajoute à ces curieux fragments que cette ligne de mon encre...

II

Avril 1920.

ME voici pour toujours à la Tremblée. J'en ai passé, hier, la petite porte verte, sans un regret, sans tourner la tête, comme ces fugitifs qui franchissent la clôture d'une trappe.

J'admire les écrivains qui vomissent leur époque, selon l'expression de l'un d'entre eux, mais qui ne manquent pas un apéritif, dans les cafés où ils ont coutume d'aller, pas un dîner, pas une répétition générale. Je connais le romantisme de ces farceurs. Moi, j'ai eu le courage de fuir.

Que ferais-je d'ailleurs à Paris ? Il ne

me reste que quelques milliers de francs de rente.

Ce n'est pas cela pourtant qui m'a décidé... Fini... Je ne veux voir personne... J'ai fait la guerre. J'ai jeté dans un tiroir les croix et les médailles qu'on m'y donna. J'ai vendu mes livres. Tout cela était inutile dans ma retraite. Les rubans et la littérature, les ragots de MM. de Goncourt, la roublardise facile de M. Jules Lemaître, le Parnasse et les histoires de la plaine Monceau, les calembredaines, les talents moyens, les génies assommants et les idées générales n'ont pas cours dans le domaine où je suis venu. Je vais refaire le monde autour de moi. Je vais faire la paix pour moi seul, sans traités solennels, et je me moque des Bulgares, ces coupeurs de nez, d'oreilles et de lèvres, et des Turcs et des Allemands, ces gros blonds qui sont tous

membres d'une société de tir ou de gym-
nastique, et je me moque aussi de cent
mille choses que prennent au sérieux mes
contemporains.

Il n'y aura plus rien dans mes jours.

Jusqu'à hier, je les ai remplis avec ce
qu'ils appellent la vie. Ils étaient partagés
en petites tranches étiquetées dont je res-
pectais, comme tout le monde, le numé-
rotage.

J'y jetais des journaux et des lettres
insignifiantes, des besognes que je croyais
très importantes, des plaisirs et des obli-
gations ridicules. Je prenais à peine le
temps de déjeuner parce que j'attendais à
quatre heures Thérèse ou Simone, qui ne
venaient pas, et qui m'envoyaient un télé-
gramme bourré des mêmes mensonges.

Il n'y aura plus rien dans mes jours. Je
suis désormais en paix...

* *
*

Je ne daterai plus ces lignes que j'écris au hasard. A quoi bon ? Je dors mal. La solitude ne m'a pas versé encore sa divine tisane de pavots et, pendant toute cette nuit, j'ai encore songé à la guerre. J'ai refait les étapes du calvaire champenois... Nous avancions dans une ombre de guet-apens et notre colonne était tâtée, si je peux dire, effleurée maladroitement par la gerbe d'un projecteur ennemi. Nous allions au-dessous de cette queue de comète sinistre, faite d'une buée fauve, d'un poudroiement cruel, et je bronchais à chaque pas contre les troncs des pins coupés au ras du sol.

Puis ce fut l'heure H qui sonna, l'instant vertigineux du bond hors des parallèles de départ, et la soif terrible, et une odeur de place tumultueuse, une nuit de quatorze juillet, quand, les feux d'artifice tirés, il reste dans la chaleur orageuse une persistante odeur de poudre.

J'ai senti de nouveau ce sournois parfum de bonbon anglais qu'exhalent les gaz lacrymogènes et je me suis débattu dans les ouates jaunes des autres gaz empoisonnés, de ceux que le docteur Faust fabriquait dans son laboratoire et qui ont fait de moi, à quarante ans, un vieillard toussotant qui n'a peut-être plus longtemps à souffrir.

*
* *

J'ai trouvé un vieil atlas de géographie qui portait sur sa couverture fanée ce nom : Palmyre d'Herbaupair.

C'était la sœur de ma mère, et elle mourut à la Tremblée ; elle se tua au fond du parc, un soir qu'elle avait grimpé sur la plus haute branche d'un pin, rompue sous son poids.

Je me souviens...

Ma tante Palmyre était une colossale demoiselle d'une trentaine d'années. Sa stature avait effrayé tous les épouseurs. Aucun homme n'eût pu offrir son bras à cette géante, qui semblait faite pour les amours d'un dieu ou d'un taureau mythologique.

Immense et enfantine, elle ne s'occupait jamais à des travaux féminins, mais elle dévastait le parc, dénichait les corbeaux et jouait avec une meute de grands chiens qui l'adoraient.

Il n'y avait pas de domestiques mâles à la Tremblée, Jean vivait à Paris avec mon père, et, en été, elle allait se baigner dans le bassin. Je sais que je la vis un jour, à

midi, alors qu'elle en sortait, ruisselante et criblée de soleil, presque surnaturelle dans sa formidable nudité, avec ses grands cheveux roux mouillés et retombant en mèches massives sur ses épaules de marbre.

Elle me prit entre ses larges bras et m'emporta en courant, le visage serré contre sa poitrine de déesse ou de phénomène de foire.

Etrange famille qui va finir avec moi !

Ma mère était une mince et délicate jeune femme, toujours malade, et mon grand-père d'Herbaupair était un petit homme falot et chétif, qui n'avait eu dans sa vie qu'une passion : celle des antiquités.

C'est lui qui rassembla tout ce que la pluie, l'humidité et plus de trente ans d'abandon détruisirent à la Tremblée.

Je l'aperçus une seule fois et il ne prit point garde à moi. Il ne s'intéressait qu'aux enfants peints par Boilly.

Il portait un costume assez bizarre et il jouait perpétuellement avec une grosse loupe dont j'avais bien envie...

J'ai déniché derrière une porte une peinture qui représente une vue ocreuse de Rome.

Devant cette vision noble et glorieuse, cette terre fauve que ne déshonorent aucun pâturage, aucun bétail à l'engrais, devant les arcs ruinés et les aqueducs écroulés, je songe à l'épouvantable ennui que m'infligeait tout ce qui touchait à Rome, au temps où j'achevais mes classes, au collège.

Les vertus civiques et militaires de ses

grands hommes, leurs mots historiques, leurs pompeuses attitudes me glaçaient. Je tenais les Romains pour un peuple de bavards, de faiseurs de routes et de lois, et Auguste me semblait le personnage le plus ridicule et le plus pompier de l'Histoire. Combien me plaisait davantage ce que j'appelais l'opposition orientale à la République et à l'Empire !

J'aimais les princes efféminés qu'allait vaincre facilement quelque militaire de carrière, aux joues et aux lèvres bleuies par le rasoir ; les princesses étranges qui regrettaient Ecbatane ou Césarée, la Bactriane et la Cappadoce, dans la ville capitale ; ces belles barbares qui troublaient les césars et les proconsuls avec leur teint de fellahines et leurs parfums inconnus. Mais j'étais naturellement un mauvais élève, puisque je n'admirais pas ces juges de paix, ces agents voyers et ces briscards coloniaux...

Je voudrais connaître mes nouveaux compagnons, les arbres qui m'entourent, et je ne sais le nom d'aucun.

D'ailleurs, ils ont poussé si drus, si mêlés les uns aux autres qu'ils ne forment plus qu'une foule végétale.

Je veux tout de même me familiariser avec eux...

Ce matin, bien avant l'aube, j'ai dû fuir le lit où je n'avais pas dormi et aller dans le parc.

Je suis de plus en plus sollicité par le côté mystérieux et obscur du monde.

La terre avait le réveil pénible des hommes qui remontent lentement des gouffres du sommeil et du songe, des abîmes de la nuit.

Elle avait l'air d'hésiter, il me semblait qu'elle allait lâcher un secret. L'aile fermée que chacun porte en soi allait-elle se déployer en moi ?

Mais non, chaque chose a repris sa place, le soleil s'est levé, et cette inquiétude infinie n'était que dans mon cœur...

Un grand oiseau de mer, venant on ne sait d'où, a traversé ce soir, vers cinq heures, le ciel d'été, orange et mauve.

Il allait, le cou tendu, sans un

frémissement de plumes dans l'azur tiède,
comme une grande chose soyeuse et bien
lancée.

J'ai entendu le bruit d'un coup de fusil.

Tout le monde doit en parler au village,
comme si l'homme qui saigne les porcs, le
tailleur bossu, l'épicière, l'aubergiste, les
vieux qui tettent des pipes vides et les
vieilles qui se chauffent au soleil avaient vu
le ciel se creuser et aperçu, dans une échap-
pée vermeille, le passage d'un être surna-
turel...

J'ai retrouvé des vers que j'écrivis en
Champagne, pendant la guerre, un soir
inhumain que je songeais au tableau de
Bœcklin : *L'Ile des Morts*.

La contrée la plus tragique et la plus
désolée du monde était en avant de

Somme-Suippe ; c'était un aride paysage calcaire et minéral. Tout y était pâle de la pâleur mortuaire des craies.

C'est seulement au versant des astres éteints et des globes morts qu'on eût pu trouver ces lividités de sel et de plâtre.

Ce coin du front était nettoyé comme un os, ce secteur blanc, squelettique et spectral avait l'air d'être sous un suaire. Je m'aperçois que ce poème maladroit est tout en rimes féminines. Cela ne me déplaît pas. Les rimes sourdes confèrent aux strophes une pesanteur étrange, mais voici cette poésie à laquelle j'ai donné le nom du tableau :

L'ILE DES MORTS

Des cyprès, des rocs blancs hors du monde... C'est l'Ile
Où vivent les grands morts quand ils quittent la terre ;
Un crépuscule doux, vaporeux et tranquille
Y répand ses clartés de perle et son mystère.

3

Son bois sacré de pins, de lauriers métalliques
Semble attendre toujours de pures chasseresses,
Et dans le bleu divin des soirs mélancoliques
On dirait que, toujours, vont passer des druidesses.

Victor Hugo, vêtu de la cape marine
Qu'il portait à Jersey, poursuit un vaste rêve...
Lorsque sort Beethoven, Musset et Lamartine
Saluent, et le martyr de la musique lève

Son énorme chapeau trop enfoncé... Banville
Au jardin de Ronsard cueille des roses blanches
Et des œillets qu'il veut offrir au bon Virgile.
Lord Byron à Chénier dit des vers sous les branches...

Hésiode et Gautier ont des barbes pareilles ;
Shakspeare et Rabelais dans l'herbe rient ensemble ;
Dante, toujours coiffé de capuces vermeilles,
Sur le bras de Balzac pose sa main qui tremble.

Ils sont là tous, dans l'île aux lumières sereines.
Aucun souffle n'émeut les arbres du rivage,
Les heures ne fuient pas et sont élyséennes.
Rarement une barque aborde sur la plage.

C'est l'asile où tout n'est que paix harmonieuse,
Où la table toujours est mise sous les roses
Des rosiers aussi hauts que le pin et l'yeuse ;
C'est l'Ile du silence et des apothéoses.

Mais quand passent, venant d'une affreuse bataille,
Dans un lourd battement d'aile vierge et meurtrie
Des âmes de soldats, courbant leur grande taille,
Gœthe et Schiller, pensifs, maudissent leur patrie...

*
* *

Je passe aujourd'hui l'après-midi allongé sur mon lit, à regarder le ciel au-dessus des arbres.

Au plus profond, au plus intime de moi, dans ces régions intérieures où ne peut vivre aucun mensonge, il n'y a peut-être que le désir d'en avoir fini vite avec les misères que je traîne, et je me sens soulevé par l'espoir des grandes migrations inconnues.

Tout arrivera sans doute comme je l'imagine.

Un matin ou un soir, lorsque Jean entrera, il me trouvera à cette place, immobile et couché, tel que je le suis maintenant.

Il constatera que je suis mort.

Mort !... savent-ils ce qu'ils disent, ceux qui prononcent ce mot ?

Invisible, mon âme flottera au-dessus de tout ce qu'elle aura laissé et, après quelques formalités qui ne me regarderont plus, quand on aura fait disparaître ce... Comment dire ?... Cet amas de phosphate et de matières ammoniacales, elle prendra son vol vers les blancs et bleus paysages fugitifs et changeants, que je contemple de ma croisée.

Immense ivresse des affranchissements !

Je parcourrai le ciel, je m'engagerai dans ces ravins d'ombre effilochée au penchant des collines neigeuses que composent les nuages ; j'escaladerai des pics et des falaises d'écume, des glaciers brumeux ; je traverserai de vaporeux défilés pour gagner des champs de neige tiède, des moissons floconneuses. Je serai submergé par des marées, j'assisterai à des débâcles de nuées que je verrai fondre comme des blocs polaires, et je partirai vers les régions supérieures où n'atteignent pas les oiseaux,... puis... puis... je ne sais plus ce qui arrivera... Mais je passe cet après-midi dans les nuages, l'esprit presque délivré...

*
* *

Je ne suis tout de même pas assez loin du village.

Il me semble, quand je veille, que je l'entends dormir. Une étoile se noie dans l'abreuvoir et la lune est derrière le clocher trapu et sans idéalisme de sa petite église romane.

Je l'imagine cette nuit et l'humble

bourgade abrite toutes les situations éternisées par l'art des écrivains.

Sous un ciel nocturne, dont la pureté religieuse fait songer à un grand vers bleu sombre de Virgile, autour de cette place provinciale pareille à celles où Coppée fit rêver de poétiques receveurs de l'enregistrement, un héros ou une héroïne littéraires habitent dans chaque maison.

Ici, vit le *Père Goriot,* de Balzac; là, *Eugénie Grandet* range le linge qu'elle a elle-même lavé, tandis que l'avare *Grandet* recompte ses billets. Derrière le géranium de telle croisée, relisant une lettre de *Vincent,* il y a *Mireille,* blanche de la blancheur ardente des camélias. *Léon,* le clerc de notaire qui passe dans le roman de Flaubert, songe à Paris, aux actrices, aux salons, en parcourant des échos mondains dans un journal. *Emma Bovary* tourne le dos à son

mari qui semble tirer, en dormant, sur le
tuyau d'une invisible pipe car il dort, avec
cette croupe chaude à portée de sa main...
Dans des chambres obscures ronflent les
paysans de Zola. Un
vieux, dont on con-
voite l'héritage, est
secoué par une crise
d'asthme pendant que
son fils, qui préfére-
rait dormir, est obligé
de besogner sa grosse

femme qui fait craquer le lit, sans se sou-
cier de son beau-père ni de son dernier né
qui braille, travaillé par la dentition ou la
colique. Et les cochons grognent dans les
étables, et les rats volent du lard dans les
buffets. Quelle farce obscure et monotone
emportée autour du soleil à une vitesse de
quatre cent douze lieues par minute !...

Le vent a emporté un journal dans le parc.

Sa première page était étalée bien à plat, sur l'herbe. Je n'avais qu'à me pencher pour lire et je ne l'ai pas fait.

Que m'aurait-il appris ?

Je sais ce qu'il contenait sans l'avoir regardé : on doit toujours se battre en Orient, et la famine et le choléra occupent sérieusement les armées rouges. Des garçons sans scrupules ont volé, dans un rapide, les bijoux des grosses dames qui vont si souvent aux cabinets. On a entôlé un rentier qui avait eu la faiblesse de suivre dans un garni deux filles, dont les mollets polissons n'étaient pas à comparer à ceux de sa digne épouse, et cela ainsi jusqu'aux rébus de la quatrième page proposés à des œdipes

qui gagnent un stylographe ou une fiole de
parfum chimique.

J'en ai fait une boule que j'ai lancée par-
dessus le mur... Un train sifflait au loin...

*
* *

Il y a plus d'un mois que je n'avais ouvert ce carnet. Les gaz que le docteur Faust fabriquait chez Mme Bertha Krupp agissent de mieux en mieux. Chose curieuse, à mesure que mes forces déclinent et que le mal me gagne, je suis de plus en plus poursuivi par des images de femmes.

Je ne peux pourtant pas sortir, dans l'état où je suis, et séduire quelque fille du village. La plus minable me rirait au nez.

*
* *

Gustave. Poste restante. B. 21. Hôtel de Ville. Envoi discret de catalogues... J'ai lu cette adresse, au hasard, avant de quitter Paris, et je ne sais pourquoi elle me hante à la façon d'un leit-motiv.

Je viens d'écrire à ce commerçant discret. Il expédie des paquets de tissus caoutchou- tés qui deviennent, quand on les gonfle, de véritables femmes. Ce sont les seules qui puissent me convenir. On m'a affirmé que des explorateurs et certains solitaires n'en souhaitent pas d'autres.

J'ai coupé toutes les ficelles qui me rat- tachaient au monde ; si quelqu'un parlait de moi aux gens du village, on lui dirait que je suis fou. C'est peut-être vrai. Pour- quoi n'aimerais-je pas une grande pou- pée ?... Hé... pas si grande... j'ai donné les mesures. Je suis de l'avis de Michelet. Il faut que sa tête arrive à la hauteur de mon cœur...

*
* *

Lorsqu'on frappera à la porte verte, ce sera **Elle** !

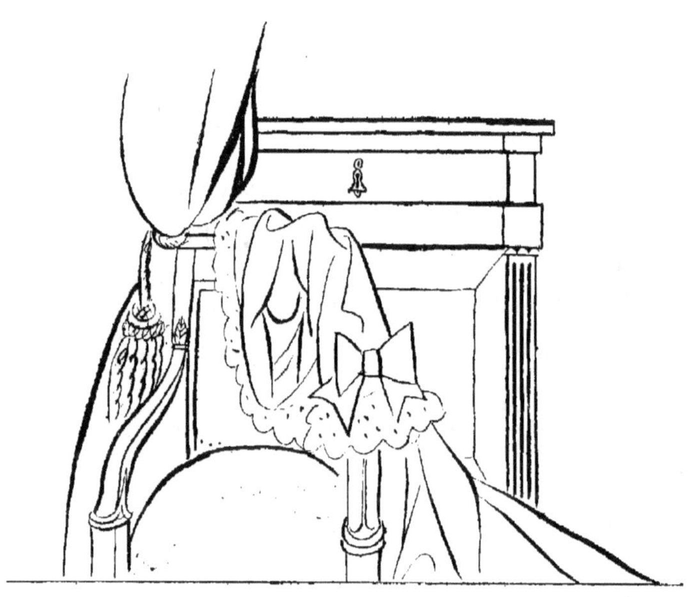

Je ne pense plus qu'à son arrivée. J'ai commandé un petit trousseau : des bas de soie, une chemise, un peignoir, un bonnet de dentelles, un flacon d'essence de rose, un autre de musc ; mais j'ignore tout de cette inconnue, et comment l'appellerai-je? Je vais songer à un nom.

Je ne crois pas trouver.

On peut étiqueter, une fois pour toutes,

les choses immobiles. Elles ne changent jamais. Le nom qu'on leur donne les désigne toujours. Mais les femmes!...

J'en ai connu une qui s'appelait Marie. Cela lui allait parfaitement jusqu'à midi. Ses cheveux châtains, mouillés et lissés au sortir du bain, en faisaient une grasse et bourgeoise madone. Elle avait des réveils enfantins et sa toilette était pudique et secrète.

Le déjeuner troublait légèrement toutes ces candeurs.

Après un verre de vieux bordeaux et un doigt de chartreuse, elle s'appelait Sapho, Lucrèce, Mercédès ou Rosa.

Le prénom d'une femme, qui prend son café au lait ou qui brode en compagnie de sa mère, ne lui convient plus le soir, quand elle est nue.

Elle s'appelle Marthe, Thérèse ou

Monique, et cela est très bien ainsi. Elle coud, elle suce le bout de son doigt où une piqure d'aiguille a fait brusquement éclore une petite coccinelle de corail sombre ; elle confectionne une tarte devant le fourneau, elle lit un roman honnête, et elle peut porter le nom qu'elle a reçu.

Si elle met sur ses cheveux un grand chapeau de soleil et qu'elle aille dans le jardin, elle s'évade déjà. Elle doit s'appeler Charlotte, Isabelle, ou Rosine. Charlotte, c'est comme un abricot plein de taches de rousseur, et si Rosine est un prénom enveloppé dans une large feuille de rose rose, Isabelle a le blanc crème des gloires de Dijon.

La nuit est venue. Elle est seule avec son mari et elle pousse le verrou de la porte, toute pareille à ces amantes potelées et vermeilles qui font le même geste dans les estampes galantes du xviiiᵉ siècle. Un sein gonflé s'échappe hors de son corsage, un de ses bas tombe sur sa jambe ronde. Elle est alors Rosette ou Fanchon...

Le voici en chemise, avec ses mules de satin bleu, les bras arrondis, les mains à son chignon qu'elle tord. Elle est devenue la gaillarde bourgeoise des contes italiens qui va prendre son plaisir avec un beau capitaine ou un jeune capucin paillard qu'elle a gavé d'oie rôtie et de vin vieux...

Elle jette ses pantoufles minuscules et ses derniers voiles, et, sans un peigne, sans une bague, elle est une femme des premiers âges du monde, elle est Laïs ou Phryné, Atalante, Chloé, Amaryllis... mais aucun de ces noms ne lui convient longtemps et, quand elle s'endort sur le bras qui l'a étreinte, elle redevient presque la petite fille alourdie de sommeil qu'on appelait Moune, Ninette ou Lili...

Au fond, il n'y a rien de très cocasse dans le désir que j'ai de cette poupée.

Mon grand'père d'Herbaupair, après avoir fait deux enfants à sa femme, l'abandonna à la Tremblée et n'aima plus que les visages et les corps peints sur des toiles. Je l'imagine dans une rue de Paris, vers 1860. Il était absolument normal.

Devant ou derrière lui, sur le trottoir mouillé de pluie, un homme de son âge suivait une lorette ou une modiste qui jouait de la croupe et soulevait sa jupe sur de gros jarrets qui tendaient ses bas blancs.

Il obtenait un rendez-vous pour le soir, se ruinait en vespetro et en marasquin pour régaler la belle qui finissait par se laisser conduire à l'hôtel. Les draps y étaient douteux et humides ; il gelait dans la chambre

inhospitalière ; la fille, qui montrait soudain une rapacité sordide de commerçante, tarifait ses charmes douteux et ses caresses, et le galantin dégrisé ne songeait qu'à fuir, et il faisait le simulacre de l'amour, honteux comme tous les simulacres, en écoutant les vidangeurs, seuls maîtres de la rue à cette heure déserte et noire. Mon grand-père, lui, se rendait tranquillement à de mystérieux rendez-vous chez les brocanteurs auvergnats, cherchant les seules femmes qu'il aimât : les nymphes de Fragonard, les laitières de Greuze et les belles dames poudrées des anciens pastels... Ses amours étaient les plus belles... Il se ruina presque

cependant pour une fille rencontrée à la
terrasse de Tortoni...

*
* *

Elle devrait être ici.

Je suis de plus en plus nerveux, depuis
que je l'attends. La moindre chose m'irrite,
et j'ai failli avoir une épouvantable crise
pour avoir vu un crapaud. Sa hideur, ses
pustules ne m'ont pas trop répugné, c'est
son attitude qui m'a rendu furieux.

Ce crapaud, que mon domestique pro-
tège, est une sorte de divinité bouddhique,
ventrue, molle et grenue ; il allait lent,
solennel, important, ridicule, et je compre-
nais qu'il se savait sacré. Il avait la majesté
pompeuse et bête des dieux auxquels il est
interdit de toucher ; la suffisance des gens
en place ; l'orgueil tranquille et béat de

ceux qui se croient indispensables, quelque chose de prudhommesque et de despotique, et, alors, j'ai eu brusquement envie de lui prouver à coups de trique, à coups de pierre, que tout ce dont il était si fier ne tenait pas debout, que ses occupations d'aide jardinier et de garde champêtre n'étaient pas plus sérieuses que celles des araignées, des limaces et des rats, et qu'il n'avait pas le droit d'avoir une attitude aussi grotesque, et qu'il n'était qu'un crapaud, un sale crapaud dans le parc d'un homme en train de mourir.

J'en ai été secoué toute la journée...

J'ai prié mon domestique de différer aujourd'hui son voyage à la ville où il va faire des achats.

SPECTACLES
TORTON
MAP

Je crois qu'elle ne tardera pas à arriver et je ne veux pas être obligé, moi-même, d'ouvrir la porte et de voir le facteur.

Il ira un autre jour, quoique ces voyages, — je le devine, — l'enchantent.

Je la connais, cette sous-préfecture ! Des courtiers en vins boivent de la bière à la terrasse du café d'Orient ; les jeunes filles d'un pensionnat sortent pour la promenade ; une jeune femme, chaussée de blanc et coiffée d'une charlotte de mousseline, descend la grand'rue. Elle s'arrête chez le pâtissier en renom.

Sous une gaze jaune, qui les défend contre les mouches, des babas ivres de rhum sucré défaillent dans des assiettes à filets dorés... La jeune femme sort, saluée par un vieux roquentin vêtu de flanelle bleue à rayures, un avocat dont les aventures et l'éloquence sont célèbres jusqu'au chef-lieu.

C'est dans cette rue déserte où j'ai passé, il y a plus de vingt ans, que Jean fait ses emplettes, puis il boit un bock ou un apéritif près de la gare, seul comme un vieux comique lugubre de l'Eden-Café, qui est le concert le plus couru de l'endroit.

L'Eden-Café ! J'y ai connu l'amour pour la première fois !

C'est la maison mère d'une sorte de prostitution artistique. C'est de là que, tous les samedis, on expédie aux bourgs environnants deux ou trois chanteuses et un pianiste, qui est en même temps un diseur de monologues idiots. Ils arrivent, le soir, au café chantant où ils sont engagés. Les vieilles, qui mangent leur soupe devant la porte, les méprisent ; les ménagères et les jeunes filles admirent l'élégance tapageuse de ces femmes ; quant aux hommes, même pour les plus rustiques, elles représentent vaguement tout ce qu'ils imaginaient de la haute noce et du théâtre.

Elles laissent dans la petite gare un sillage de parfums grossiers, et plus d'un adolescent mange distraitement sa salade, sans écouter le père qui parle de la foire prochaine ou des vignes qui ont soif.

Elles sont aux filles du village ce qu'est une bouteille de champagne fabriquée avec des acides au petit vin naturel du pays; elles sont le mal, l'inconnu, l'attrait dangereux et charmant, l'extrême civilisation. Elles sont surtout de pauvres êtres, d'humbles

servantes et comme les bonnes à tout faire
de la chanson stupide et de la muse polis-
sonne ; et les bellâtres du canton qui s'of-
frent la gommeuse ou la grande bringue
navrée qui roucoule des bêtises sentimen-
tales, s'imaginent qu'ils ont aimé des divas
illustres et des étoiles de théâtre !...

On a frappé ce matin à la porte du
parc, et j'ai brusquement retrouvé la première émotion du premier rendez-vous...
Elle ?...

C'était un mendiant que Jean a chassé.

Ma gorge s'est desserrée, la petite aiguille
qui s'affolait à la pointe de mon cœur s'est
immobilisée. J'ai été tout pareil à ces jeunes
gens qui attendent leur maîtresse, vers
quatre heures, à Paris. Ils ont épousseté eux-

mêmes et rangé leur appartement derrière leur femme de ménage. Ils ont mis des fleurs dans les vases, vaporisé dans la chambre quelque parfum, préparé deux heures à l'avance l'assiette de gâteaux, les tasses à thé et la bouteille de porto. Ils ont surtout regardé la pendule. Le livre qu'ils essayaient de lire, pour tuer le temps, ne les intéressait pas. Ils ont frotté un à un les flacons de la toilette, compté les anneaux des rideaux sur leur tringle de cuivre, en disant : elle viendra... oui... non... oui... non... oui... non... heureux si le dernier anneau tombait sur oui.

A quatre heures, on sonne ! Éperdus, ils vont ouvrir, et se trouvent nez à nez avec une vieille dame asthmatique et poussive, qui s'excuse à peine et qui s'est trompée d'étage.

J'ai été tout pareil à ces amants inquiets...

*
* *

Un quart d'heure après le départ de ce mendiant on a de nouveau frappé à la porte, trois coups impérieux, durs, comme de quelqu'un qui s'impatienterait en trouvant le vantail verrouillé, quand il veut entrer chez lui et que les serviteurs tardent à ouvrir.

C'était Elle !... »

. . . .

Le vieux domestique survint à ce moment dans la chambre où je lisais.

— Eh bien, monsieur, dit-il en essayant de sourire, croyez-vous que feu mon maître était un drôle d'homme ?

Il se pencha vers la table :

— Ah ! vous en êtes à son arrivée à la Tremblée. Vous n'en avez plus pour long-temps. Ce que je ne digère point, par exemple, c'est qu'il m'a traité de vieux comique lugubre. Je suis scrupuleux et sus-ceptible. Oh ! je ne me plains pas, quoique, vous savez, les trois mille francs de rente dont j'hérite, je ne les ai pas volés. Ni son père, ni lui ne m'ont jamais payé mes gages, et je suis à leur service depuis plus de quarante ans... Enfin, il n'aurait pas dû dire cela de moi... Achevez donc cette bouteille...

Il remplit ma coupe de vieux vin doré !

— Je vous laisse, fit-il, vous allez en avoir fini avec ce cahier. Je vous ferai ensuite une surprise. Je vous montrerai la demoiselle ; elle est encore ici, et elle est vierge et veuve, monsieur, car mon maître est mort le jour où il l'a reçue. Le temps se gâte, je crois qu'il va faire un gros orage...

Je repris tout de suite ma lecture :

.   .   .   .

« Elle est enfin ici !

Je n'ai pas encore coupé les ficelles qui entourent sa boîte. Elle est comme une voyageuse un peu lasse qui se reposerait et ne voudrait pas se montrer trop vite à ses hôtes.

J'ai fait moi-même une toilette plus soi-gnée. Je me négligeais depuis quelque temps.

J'ai coupé ma barbe et ma moustache, j'ai mis un costume de flanelle blanche et j'ai l'air d'un monsieur très fatigué dans un parc de ville d'eaux.

Quand je passe devant les volets de la chambre, instinctivement je marche sur la pointe des pieds.

*
* *

Je crois que je prendrai mes repas devant elle. Autrefois, j’aimais beaucoup manger en compagnie des femmes.

Un dîner d’hommes fait toujours penser à ces banquets où d’anciens militaires du même régiment, d’authentiques badernes sorties de la même école, la même année, se régalent à prix fixe, coude à coude et vêtus d’habits funèbres, à l’immense table d’un salon de société que ne décore aucune fleur.

Les hommes seuls manquent généralement de tenue, et il ne faut pas croire qu’on a meilleur appétit et qu’on est plus à l’aise en manches de chemise et en pantoufles.

C'est comme si l'on affirmait que le café bu dans une épaisse tasse de faïence est plus savoureux que dans la fine et immatérielle coquille d'œuf d'une porcelaine chinoise.

Un vrai repas, bien ordonné, est la plus aimable des choses. C'est un luxe de civilisés qu'il faut entourer de toutes les délicatesses.

On ne mange pas du foie gras truffé, ni un sorbet à la framboise, en sabots et en tricot de laine, sur un coin de table de cuisine, devant une chandelle qui fume, mais en habit, avec du linge fin, sur une nappe fleurie et à la faveur de bougies voilées d'abat-jour qui tamisent une lumière égale.

Rien alors n'est plus charmant à regarder que les jeunes femmes qui sont la guirlande et la parure de la table.

La soie ou le velours des robes décolletées ont l'odeur des ombrelles crépitantes chauffées au grand soleil de juillet. Des parfums naturels et des effluves d'essences rares s'y ajoutent. Les petits carrés de truffes ou les crevettes qui garnissent un filet de sole ont un goût unique, si une belle brune montre, en levant le bras pour enfoncer un œillet dans son chignon, le creux touffu de son aisselle, si, au moment où vous avalez une cuillerée de fraises des bois assaisonnées au champagne, une blonde grasse montre ses épaules de neige et découvre vaguement un sein dont la pointe doit être pareille, sous les dentelles de son corsage, au fruit qui parfume votre palais.

Les gens qui prétendent que les vrais gourmands doivent s'enfermer seuls, pour savourer des plats choisis, sont de timides maladroits.

Il faut se défier d'eux et les plaindre.

Ils passent assurément d'épouvantables

nuits, car l'amour doit venir naturellement
après le dessert, comme les pêches et les
muscats viennent après les glaces et la fran-
gipane.

La gastronomie n'est pas un art à l'usage
des ermites. Lorsqu'on couche seul, il est
plus raisonnable de prendre, le soir, un
bouillon léger, la moindre des choses, un
peu de confiture et une tasse de tilleul.

Les femmes, quoi qu'on dise, savent
apprécier un bon repas. Cela se voit à la
façon dont elles mangent. Elles ne rem-
plissent jamais leur assiette et ne s'empif-
frent pas de grosses viandes. Elles savent ce
qu'un os de côtelette ou de poulet peut
garder de chair savoureuse et de peau ris-
solée.

Que d'épais bâfreurs rient de leur préfé-
rence pour les carcasses et les croupions.
C'est le reproche que pourrait faire un âne

qui tond un pré au lapin de garenne qui choisit les herbes parfumées, serpolets, thyms et menthes sauvages... Mais à quoi vais-je penser, moi qui ne prends plus que quelques fruits et des biscuits trempés dans un doigt de vieux vin ?...

*
* *

Elle ne mangera pas. J'ai souffert quand j'étais jeune du peu de goût dont mes amies de passage faisaient preuve, au restaurant. Je me souviens à peine de leurs visages, mais ils reviennent parfois à la seule vue ou à l'évocation du plat qu'elles préféraient.

Ne déjeunant et ne dînant jamais chez moi, j'ai beaucoup regardé les femmes qui m'entouraient. Je songe à une fille avec qui je dînais assez souvent.

Sa mère était concierge dans une maison ouvrière, du côté de Montmartre et son père rentrait saoul à peu près chaque soir, quand elle était enfant.

La loge sans air et sans lumière sentait le débarras et le compartiment de troisième classe où ont dormi dix voyageurs. Elle faisait les courses pendant que sa mère balayait l'escalier, et elle rapportait quelques sous de pain chaud, de la charcuterie et de l'eau-de-vie. Elle s'était régalée de veau piqué, de mirotons et de salades.

Par quel miracle était-elle devenue la splendide créature que j'admirais pendant ces repas ?

Son teint était d'une neige fouettée de roses, ses dents étaient des perles humides, naturellement claires. Elle avait une taille de duchesse, des bras de Vénus, de longues jambes rondes et fines, une toison énorme

dont la nuance allait du maïs mûr au cognac
brûlé, et on eût juré que, née d'un mylord
spleenétique et d'une blanche lady, dans
un château au bord d'un lac, elle n'avait
été nourrie que de beurrées, de crême
fraîche, de gâteaux et de puissants rosbifs
anglais...

*
* *

Épouser une femme qui s'intéresse à la
cuisine est une garantie de bonheur conju-
gal. Même si elle n'est pas des plus jolies,
la santé et la bonne humeur qui sont les
conséquences de la bonne chère, la trans-
figureront, et elle sera une compagne infi-
niment plus agréable qu'une fille belle,
froide, et rassasiée dès le potage.

Si le mari qui rentre chez lui, las de sa
journée, trouve un repas négligé, un de ces

dîners dont s'est occupée toute seule une servante, il est perdu.

La vie ne lui réservera que déboires. Après un bouillon rapidement bâclé, trop chaud ou trop froid, plein de grumeaux et sentant le graillon, l'affaire qui le tourmente n'aura aucune chance d'aboutir selon ses désirs.

S'il a l'impression de manger le poisson sur un évier, et le rôti sec et la salade assaisonnée avec trop de sel et trop de vinaigre, il ne peut réussir ce qu'il entreprendra le lendemain, et la nuit qui suit un dîner sans harmonie ne peut pas être heureuse.

Mais aucun des soucis que nous traînons avec nous ne résistera à l'onction d'un bon potage, au morceau de bœuf dont le sang gicle sous le couteau, au velours d'une crême simple et parfaite.

Ce n'est pas moi qui blâmerai le

célibataire qui épouse sa cuisinière. De tous les mariages de raison, celui-là est peut-être le plus raisonnable.

De la table au lit il n'y a qu'un pas et on le franchit sans effort.

Il est à remarquer que les premiers désirs des jeunes hommes vont aux cuisinières bien en chair.

L'amour des maigreurs distinguées ne vient que plus tard, mais la première impression est toujours la meilleure et la plus vraie.

Quel est l'adolescent qui n'a pas imaginé le paradis comme une cuisine voluptueuse aux buffets pleins de volailles à la gelée, et dont les culs de casseroles, polis et clairs ainsi que des miroirs, reflétaient une accorte fille à la croupe dodue, aux mollets rebondis, aux bras chauds et aux seins ronds, en train d'ôter une chemise rustique ?

*
* *

Si les fiancés pouvaient observer leurs futures à l'heure des repas, cela éviterait bien des malentendus et des divorces.

En tout cas, si j'avais quelques conseils à donner aux jeunes hommes, je leur dirais :

— Ne demeurez pas là, extasiés comme des benêts, à regarder ses dents quand elle boit et à vous demander par quel miracle le pain qu'elle avale, le gigot froid, les pommes de terre, la salade, la confiture et les gâteaux secs vont se changer en roses et en lys sur ce visage que vous convoitez.

Examinez-la calmement.

— Elle a bon appétit, mais ne se hâte point. Elle prend son temps et elle mange posément, accueillant également tous les plats sans y revenir jamais ?...

Elle est sérieuse, patiente et dévouée.

Epousez-la. C'est la compagne des bons et des mauvais jours, celle qui ne choisira pas ailleurs et qui ne désirera jamais que ce qu'elle possède.

— Elle a un gros appétit, et elle se hâte comme si elle était pressée par l'heure d'un train, dans un buffet de gare. Elle est joyeuse cependant et de bonne humeur. Elle sourit franchement entre deux bouchées ?...

Si vous êtes sûr de vous, vous aurez là une femme excellente, un peu ronde et brusque ; son amour sera peut-être légèrement tyrannique, mais il sera, aussi, robuste et solide.

Souvenez-vous, par exemple, qu'elle reprend toujours d'un plat qui lui a plu...

— Elle déchiquette sa côtelette comme un poisson pour n'en sucer que l'os ; elle cherche, de la pointe de son couteau, une boulette de moelle ?

Méfiez-vous. Elle est chicanière et soup-
çonneuse, jalouse aussi. Elle fouillera dans
vos poches quand vous changerez de ves-
ton...

— Elle met de chaque côté de son
assiette, soigneusement, à gauche la mie de
pain, à droite la croûte ?

Vous ne la connaîtrez jamais complètement. Elle est ambiguë, méthodique, froide
et secrète. Le mariage, pour elle, comporte
trois cérémonies : à la mairie, à l'église et
au tribunal où se prononce le divorce.

— Si elle prend la cuisse d'un poulet
rôti, épousez-la.

Elle n'est pas très délicate, mais elle est
simple, bien portante et sans détours. Elle
marchera toujours sur la bonne route...

Si j'avais fait métier d'écrire, j'aurais
sûrement composé un curieux ouvrage sur
la cuisine...

*
* *

Demain, elle existera !...

C'est dans ce pays que j'ai vu, pour la première fois, une femme nue. Je crois que peu d'adolescents ont été aussi favorisés que moi et c'est le souvenir le plus prodigieux de ma quinzième année.

J'étais un enfant studieux, sage et maladif, et, pendant les vacances, mes seules distractions étaient la pêche et la lecture des poètes romantiques.

Un après-midi que je lisais les *Orientales*, sous un arbre, une petite charrette anglaise passa sur la route et un jeune homme vêtu de blanc me fit un salut amical.

J'allai à lui, à travers le parc.

C'était mon ami de classe Alexandre Boreuil, le fils d'un antiquaire de la place du Forum que l'on disait fort riche.

Je lui offris de se rafraîchir, mais il refusa, craignant d'être en retard. Il avait une course à faire à quelques kilomètres, et il me désigna une place à côté de lui, sous le tendelet de toile écrue qui faisait une ombre claire à sa voiture.

Il allait, me confiait-il, porter un antique objet d'art au propriétaire d'un château des environs dont j'avais vaguement entendu parler.

Je savais que ce voisin, fort bizarre et solitaire, vivait au milieu d'admirables collections, et j'acceptai la place que m'offrait Alexandre.

— Vous devez vous ennuyer ? commença-t-il.

— Mais non, répondis-je, et je tirai les *Orientales* de ma poche.

Il ouvrit le bouquin, déclama une strophe, éclata de rire, et il écrasa, en refermant

le volume, une abeille qui semblait butiner
les vers.

Il arrêta son cheval devant une petite
porte en bois épais, toute cloutée de bronze.

Le bouton de la sonnerie disparaissait
sous le feuillage, et il nous fallut le cher-
cher entre les luisantes feuilles bleues d'un
feston de lierre.

La porte s'ouvrit et Alexandre, ayant
attaché son cheval et entravé les roues, prit,
en portant le précieux objet dans une boîte,
un sentier plein de mousse, sous des arbres
de Judée.

Je le suivais, et nous aperçûmes brusquement le château.

Une vieille servante guida mon ami, —
car je demeurai sur la terrasse, — à travers
un immense vestibule, vers un salon que
j'apercevais devant moi et qui devait servir
de bibliothèque.

Quatre portes-fenêtres étaient ouvertes sur le jardin, et les vieux arbres et les stores de toile jaune tamisaient à souhait l'ardente lumière.

Un homme était assis au milieu de la vaste pièce. Il paraissait quarante-cinq ans. Une crinière grise et drue, rejetée en arrière ; une barbe épaisse, aux boucles distinctes comme celles des bronzes antiques, en faisait un être d'un grand caractère.

On imaginait au fond du parc une victoria vernie, avec un cocher solennel.

Je vis entrer Alexandre. Il tendait sa boîte à l'homme qui coupa les ficelles et tira, du

coton qui l'enveloppait, un petit Bacchus d'ivoire. Du plat de sa main velue, il caressait la statuette, comme un voluptueux caresse l'épaule bien potelée d'une maîtresse.

Lorsqu'il se leva, Alexandre prit congé, mais il s'égara sans doute dans les couloirs, car il fut un assez long moment sans paraître.

C'est alors que j'eus la révélation de la femme.

Une grande fille entra, blonde, élancée, robuste et nue. Elle n'avait aux pieds que des sandales retenues aux chevilles par des bandelettes dorées, et un peigne d'écaille à son chignon.

Dans les clartés adoucies et tranquilles de l'immense salon plein de livres, de marbres et de miroirs, elle allait sans gêne, habituée certainement à vivre ainsi. Elle s'assit, croisa ses longues jambes blanches

et prit le petit Bacchus pour l'examiner.
Puis, elle arrangea sa coiffure dans une glace
et, me tournant le dos, quitta le salon, les
bras arrondis sur sa tête et pareille à une
grande amphore d'albâtre. Je ne racontai
pas cela à mon ami, et j'appris ensuite
que cet homme était un singulier original,
vivant seul avec cette femme nue, dans ce
château où personne ne venait jamais.

*
* *

Elle existe!... Ah! la chose n'a pas été
commode... J'ai ouvert la boîte dans l'ombre, j'ai développé la toile sur mon lit, mais
avant de lui donner la vie avec ce qui me
reste de souffle, je l'ai habillée d'un peignoir de soie chinoise, j'ai mis des bas à ses
jambes plates et je l'ai chaussée, comme j'ai
pu, de mules blanches... Je l'ai vue naître

par degrés... L'étoffe s'est soulevée lentement, un pied s'est brusquement étiré, et
son visage clair s'est tourné vers moi avec
ses yeux immobiles, étonnés et extasiés. Je
l'ai coiffée d'un bonnet de dentelles et je
suis resté près d'elle, en lui tenant la main,
et je lui ai dit :

« — Tu n'es rien sans doute qu'une illusion, mais que sont les plus grandes amours ?

« Telle femme pour qui un amant désespéré s'est tué n'aurait pas obtenu un seul
baiser d'un autre homme. L'amour est en
nous, il n'est pas nécessaire que celle qui
en est l'objet le partage. Le vieux Shakespeare a dit que l'amour et la beauté étaient

dans l'œil du contemplateur et qu'ils nais-
sent du regard qui sait transfigurer la ma-
tière.

« Tu n'es qu'une énorme bulle que j'ai
soufflée, mais il en est de même de tout ce
que nous imaginons.

« Ecoute, je n'ai pas de secrets pour toi.
J'ai été pris, il y a quelques années, par une
fille rencontrée dans un café. A présent
qu'il n'y a plus autour de son image l'at-
mosphère que je créais, je puis affirmer
qu'elle était ignoble.

« Ses cheveux teints étaient une filasse
décolorée, sa gorge était dévastée, et je
mourrais de honte si je devais m'attabler
encore avec elle dans les restaurants où elle
m'entraînait et où elle mangeait comme
un maçon, en persécutant de ses œillades
les hommes qui dînaient seuls.

« Eh bien, je la transfigurais. Je faisais de

sa fausse chevelure une toison de courtisane médicéenne et de dogaresse, et la poitrine de marbre des Vénus me semblait fade à côté des deux gourdes molles que j'embrassais, pendant qu'elle gloussait comme une poissarde chatouillée.

« Les grandes héroïnes n'ont sans doute existé que dans le cœur éperdu de ceux qui les aimèrent. La divine, la pure Laure que chanta Pétrarque était une jeune femme qui couchait toutes les nuits avec son mari, le sieur de Sade, un rude gentilhomme peu lavé qui devait ronfler après avoir fait l'amour comme un soudard.

« Laure accomplissait peut-être sans joie ces devoirs conjugaux, et je crois volontiers qu'elle avait plus de noblesse et d'allure que Tata — ma maîtresse était connue sous ce nom imbécile — mais je crois aussi que, pendant quelques mois, je fus un plus grand

poète que l'altissime sonnetiste qui célébra
la dame de Vaucluse, parce que transfigurer ce chameau demandait beaucoup plus
de dons poétiques et d'idéalisme.

« Certains soirs, le foulard ou le velours
de sa jupe qui avait balayé toutes les ban-
quettes du café me semblaient tissés d'une
surnaturelle soie, et je sentais mille cœurs
battre dans ma poitrine quand elle m'enla-
çait négligemment de ses bras qui avaient
traîné partout.

« Tu es aussi réelle à présent que toutes
les femmes que j'ai possédées et qui ne
m'aimaient pas, celles dont l'amant qui
n'arrive pas à les émouvoir est

« comme un musicien
« Tourmentant le clavier d'un clavecin sans cordes... »

« Je ne peux te donner un nom. A mon
gré, lourde et parfumée de musc, tu seras

la fille du Sud qu'on trouve près du vieux
port et qui vous entraîne dans une maison
obscure et moisie. Elle sent les coquillages,
le soleil et l'eau croupie où meurent les
poissons. Une chandelle éclaire sa man-
sarde chaude dont la croisée donne sur un
bassin plein de navires. Le matelot à peu
près ivre qu'elle a ramené ne saurait y re-
connaître le sien. Il est allongé sur le grabat
et il regarde cette femme qu'il ne connaît
pas. Elle a dans son chignon massif un
œillet qu'a flétri le parfum trop fort de ses
cheveux gras. Elle marche vers la couche,
nue, robuste, et son corps splendide et dur
qu'a glacé la sueur montre, dans l'ombre
où clignote la bougie, des seins flétris, et
son amour ressemble à une brutale rixe...

« Tu seras, si je le désire, une jeune
femme du Nord, blonde, docile et molle.
Pendant le silence cruel d'une nuit de gel

sur la mer où brillent des îlots de glace, ton corps chaud frissonnera à peine quand je l'étreindrai sous les couvertures… Tu deviendras tour à tour la belle poitrinaire qui consume d'amour ses derniers jours, sous les eucalyptus de la villa ; la jeune fille du château qui a donné rendez-vous au fils du jardinier ; la petite bourgeoise qui trompe le notaire avec le soldat qu'elle loge ; la pierreuse qui vous pousse, une nuit de pluie, vers son hôtel, à travers une rue dont le trottoir luit comme de l'ébène mouillé… Tu seras toutes les femmes : la chaste pupille aux tresses blondes de l'anabaptiste et la cadette déjà grasse et ambrée du rabbin ; la jeune duchesse svelte, pâle et mélancolique ; la brute foraine aux poignets garrottés de cuir, aux jarrets épais qui lutte avec des hercules efflanqués ; la Hollandaise aux bras de lait et de roses ; la Chinoise

qu'éclaire une ronde lanterne de papier;
la créole qui fume un cigare parmi les
cannes à sucre; l'alerte modiste qu'on a
connue avenue de l'Opéra; la bergère en
sabots dont le baiser a l'odeur fraîche d'une
pomme sous une averse de septembre; la
blanche et froide lady qui porte à son col
de cygne des perles de vice-reine; la

nouvelle épousée défaillante et timide, et la veuve de trente ans qui croyait se consoler en allant au mois de Marie...

« A ce soir... J'allumerai les flambeaux d'argent dans cette belle chambre qui est désormais la tienne, au milieu du parc sauvage où nous serons seuls comme au cœur vierge d'un éden... »

. . . .

Je posai mon cigare éteint dans le plateau et j'achevais la bouteille que M. Olivier Camors aurait peut-être entamée, lorsque le valet de chambre entra.

— Eh bien, monsieur, vous avez terminé votre lecture... qu'en dites-vous ? C'est fort curieux, n'est-ce pas ? Le journal de mon défunt maître s'arrête là ; il n'a pas soupé avec la demoiselle en baudruche, puisqu'il est mort au cours de l'après-midi, vers quatre heures, et brusquement.

Quand je dis brusquement, je me trompe ;
il agonisait depuis son arrivée à la Tremblée.
Enfin, quoi qu'il en soit, il est mort l'après-
midi du jour où il écrivit ces dernières
lignes et il ne put exécuter aucun de ses
projets galants. Triste ! J'ai connu quelques
histoires semblables d'hommes qui atten-
dirent une femme aimée pendant longtemps et qui disparurent avant d'avoir pu
savoir le goût de sa peau.

S'il y avait eu quelque chose entre eux,
je ne l'aurais pas gardée, vous pouvez me
croire. Ah ! non, par exemple, je ne l'aurais
pas gardée ! Je suis vieux, il y a longtemps
que j'ai renoncé à toutes les plaisanteries,
mais celle-là... non celle-là est trop forte...
Venez, monsieur, je l'ai descendue du gre-
nier, elle est dans le corridor et en plein
courant d'air ; si quelque fenêtre s'ouvrait...
Avec ce temps c'est dangereux parce que...

Il n'acheva pas sa phrase.

Un formidable coup de vent inclina les branches des arbres qui balayèrent la façade et nous entendîmes un bruit de vitres brisées et de croisée qui se referme trop fort.

Je courus derrière le vieillard qui se hâtait, et nous arrivâmes sur le perron juste à temps pour voir s'envoler, comme un ballon d'enfant, la maîtresse de feu M. Olivier Camors.

Elle était nue, avec des bas blancs et des pantoufles, car le vent de l'orage qui éclatait avait dû arracher son peignoir.

A la hauteur du toit, elle bascula et fit un plongeon. J'aperçus sa tête souriante aux yeux immobiles et extasiés. Elle avait perdu son bonnet et elle ressemblait à une de ces jeannettes de carton colorié sur lesquelles les anciennes modistes essayaient leurs coiffes. Elle dansait, se redressait,

tanguait, les seins gonflés et son corps
était d'un blanc de plâtre légèrement teinté
de rose.

— Est-elle godiche ? dit le domestique
effaré.

Elle dépassa la cime rebroussée et fu-
rieuse d'un vieux marronnier, et les remous
et les courants aériens, qui devaient être
plus violents et plus rapides, l'enlevèrent,
lui firent faire deux ou trois bonds si prodigieux qu'elle ne fut bientôt plus à mes yeux
qu'une poupée de petite fille dans un ciel
tumultueux parsemé de feuilles mortes.

— Elle est capable d'aller relancer mon
ancien maître jusqu'au paradis, murmura
le vieux serviteur goguenard, sans la quitter
des yeux...

Plus haut que les plus lointaines hiron-
delles, elle ne fut bientôt qu'un point trem-
blant, une bulle affolée et, s'il est vrai que

les âmes mettent un temps assez long avant
de quitter les lieux où elles furent affran-
chies, celle de l'étrange mort dut voir passer la femme qu'il avait animée de son
dernier souffle et qui s'en allait charmante,
puérile, maladroite et ridicule, dans l'in-
fini...

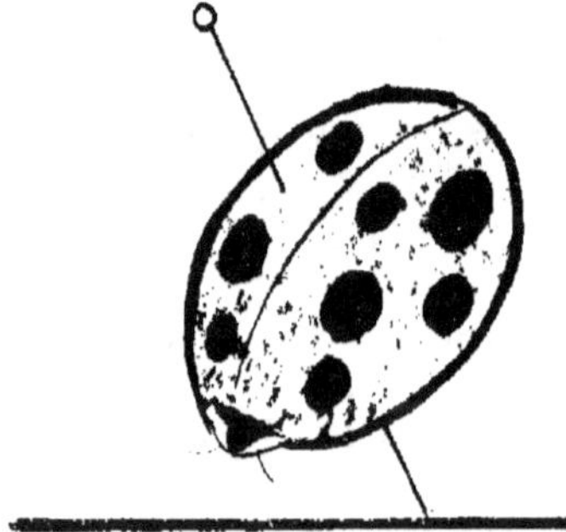

OUVRAGES
DU MÊME AUTEUR

La Maison du Poète . . . . Poésies
Les Isolements, ... —
Jacques . . . . Roman en vers
Orchestres. . . . . Poésies
Les Heures déchirées . . . . Notes
François Pain, Gendarme. . . . . . . —
L'Abdication de Ris-Orangis . . . . . . Roman

A paraître :

ACHEVÉ D'IMPRIMER LE VINGT-CINQ AVRIL
MIL NEUF CENT VINGT-CINQ, SUR LES
PRESSES DE COULOUMA, MAITRE IMPRI-
MEUR A ARGENTEUIL, H. BARTHÉLEMY
ÉTANT DIRECTEUR, POUR LE COMPTE
DE G. BRIFFAUT, ÉDITEUR A PARIS.